재미
팡팡

산리오캐릭터즈
수수?께?끼
사?전

2탄

수수께끼
194개

서울문화사

캐릭터 소개

❋ 헬로키티 ❋

- ◆ **생일:** 11월 1일
- ◆ **태어난 곳:** 영국 교외
- ◆ **키:** 사과 5개
- ◆ **좋아하는 음식:** 엄마가 만들어 준 애플파이
- ◆ **좋아하는 것:** 피아노 연주, 쿠키 만들기

❋ 마이멜로디 ❋

- ◆ **생일:** 1월 18일
- ◆ **태어난 곳:** 마리랜드에 있는 숲
- ◆ **키:** 숲에 있는 빨갛고 하얀 물방울 모양의 버섯과 비슷한 정도
- ◆ **취미:** 엄마와 함께 쿠키 굽기
- ◆ **좋아하는 음식:** 아몬드 파운드케이크

✻ 쿠로미 ✻

- ◎ **생일:** 10월 31일
- ◎ **매력 포인트:** 검은색 두건과 핑크색 해골
- ◎ **취미:** 일기 쓰기
- ◎ **좋아하는 색:** 검은색
- ◎ **좋아하는 음식:** 락교

✻ 시나모롤 ✻

- ◎ **생일:** 3월 6일
- ◎ **사는 곳:** 슈크레 타운에 있는 '카페 시나몬'
- ◎ **특기:** 큰 귀로 하늘을 나는 것
- ◎ **취미:** 카페 테라스에서 낮잠 자기
- ◎ **좋아하는 것:** '카페 시나몬'의 유명한 시나몬롤, 코코아

✳폼폼푸린✳

- ◎ **생일:** 4월 16일
- ◎ **사는 곳:** 주인 누나 집 현관에 있는
  푸린용 바구니
- ◎ **취미:** 신발 모으기
- ◎ **특기:** 낮잠, 누구든지 친해지는 것
- ◎ **좋아하는 음식:** 우유, 푹신푹신한 것,
  엄마가 만들어 주는 푸딩

✳포차코✳

- ◎ **생일:** 2월 29일
- ◎ **매력 포인트:** 아기 똥배
- ◎ **키:** 바나나 아이스크림
  라지 사이즈 컵 4개 정도
- ◎ **취미:** 걷기, 놀기
- ◎ **좋아하는 음식:** 바나나 아이스크림

이 책의 구성

★ 본문 구성 ★

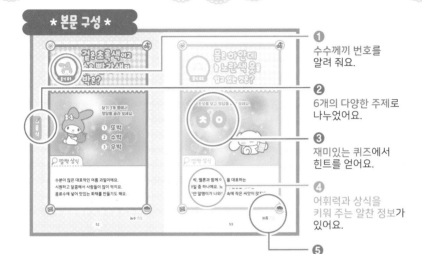

1 수수께끼 번호를 알려 줘요.

2 6개의 다양한 주제로 나누었어요.

3 재미있는 퀴즈에서 힌트를 얻어요.

4 어휘력과 상식을 키워 주는 알찬 정보가 있어요.

5 수수께끼 정답은 아래에 있어요.

★ 부록 구성 ★

다른 그림 찾기, 퍼즐 조각 찾기, 사다리 타기 등 재미있는 놀이가 있어요.

한눈에 보는 수수께끼로 더 많은 수수께끼를 만날 수 있어요.

차례

썼지만
읽지 못하는
것은?

해를
좋아하는
산은?

참새가 가장
무서워하는
비는?

먹을수록
가벼워지는
것은?

물에
적셔서
입는 옷은?

남의 말만
전하는
것은?

1장
알쏭달쏭
사물 수수께끼

아무리 많이 모아도 버려야 하는 것은?

사물 01

사물

표에서 글자를 찾아
정답을 맞혀 보세요.

편	사	지
그	레	다
쓰	림	기

🔍 깜짝 상식

더 이상 필요 없거나 쓸 수 없는 물건이에요.
환경이 오염되지 않도록, 재활용할 수 있는 것과
없는 것을 구분해서 버려야 해요.

정답 쓰레기

썼지만 읽지 못하는 것은?

사물 02

○○○○○○○○○○○○○○○○○○○○○○○○○○○

그림자를 보고
정답을 맞혀 보세요.

🔍 깜짝 상식

머리에 쓰는 물건이에요. 뜨거운 햇빛이나
차가운 바람을 막을 때, 머리를 보호할 때,
또는 멋있게 꾸미고 싶을 때 쓰지요.

정답 모자

사물 03

산은 산인데 해를 좋아하는 산은?

♡♡♡♡♡♡♡♡♡♡♡♡♡♡♡♡♡♡♡♡♡♡♡

보기 3개 중에서
정답을 골라 보세요.

1 등산
2 화산
3 양산

🔍 깜짝 상식

자외선으로부터 피부를 보호하거나
그늘을 만들어 더위를 피하기 위해 써요.
우산보다 작고 가벼워서 들고 다니기 편해요.

정답 양산

사
물

올라가면 닫히고, 내려가면 열리는 것은?

사물 04

초성을 보고
정답을 맞혀 보세요.

ㅈ ㅍ

🔍 깜짝 상식

□□로 물건을 빠르고 간편하게 열고 닫아요.
옷과 가방, 신발 등 다양한 제품에 달려 있지요.
단추보다 튼튼하게 고정된답니다.

정답 지퍼

달리지 않으면 날지 못하는 것은?

사물 05

🤍🤍🤍🤍🤍🤍🤍🤍🤍🤍🤍🤍🤍🤍🤍🤍🤍🤍🤍🤍🤍🤍🤍🤍

힌트를 차례로 보며 정답을 맞혀 보세요.

하늘을 나는 기계예요.

⬇

사람이 탈 수 있어요.

⬇

공항에서 볼 수 있어요.

🔍 **깜짝 상식**

커다란 날개로 하늘을 날아다니는 교통수단이에요.
사람들은 ⬜⬜⬜를 타고 다른 나라나 도시로
여행을 가거나 물건을 실어 옮겨요.

정답 비행기

방 안을 돌아다니며 쓰레기를 먹는 것은?

사물 06

빈칸에 정답을 써 보세요.

"집을 깨끗하게 청소할 수 있는 □□□야."

🔍 깜짝 상식

바닥이나 물건 위에 앉은 먼지를 청소할 때 써요.
크기와 모양이 아주 다양하지요.
스스로 움직이는 로봇 □□□도 있답니다.

정답 청소기

15

중학생과 고등학생이 타는 차는?

표에서 글자를 찾아
정답을 맞혀 보세요.

중	고	신
자	트	차
럭	거	전

🔍 깜짝 상식

새 자동차가 아니라, 다른 사람이 이미 타서
조금 낡은 자동차예요.
'중고'는 오래되거나 낡은 물건이라는 뜻이지요.

정답 중고차

나이를 먹을수록 키가 작아지는 것은?

사물 08

그림자를 보고
정답을 맞혀 보세요.

🔍 깜짝 상식

심지에 불을 붙여 불빛을 내는 물건이에요.

전기가 발견되기 전에는 □로 빛을 만들었답니다.

생일 케이크에 꽂아 소원을 빌기도 해요.

양초 : 답장

참새가 가장
무서워하는 비는?

사물 09

보기 3개 중에서
정답을 골라 보세요.

1 허수아비
2 이슬비
3 냄비

🔍 깜짝 상식

곡식을 쪼아 먹는 새들을
쫓기 위해 만든 인형이에요.
사람처럼 보이도록 만들어서
세워 놓지요.

사
물

정답 허수아비

사물 10

항상 고개를 숙이고 눈물 흘리는 것은?

초성을 보고
정답을 맞혀 보세요.

ㅅ ㄷ ㄲ ㅈ

🔍 깜짝 상식

화장실이나 부엌, 세탁실에서 볼 수 있어요.
□□□□로 물을 틀거나 잠글 수 있지요.
물을 쉽게 쓸 수 있도록 도와주는 도구랍니다.

정답 수도꼭지

사물 11
펭귄이 다니는
고등학교는?

힌트를 차례로 보며 정답을 맞혀 보세요.

음식을 보관해요.

네모난 모양이에요.

전기가 필요해요.

🔍 **깜짝 상식**

음식을 신선하게 보관할 때 써요.
냉장실에는 채소나 과일, 우유 등을 보관하고,
냉동실에는 얼음이나 아이스크림 등을 보관하지요.

사물

고요유 냉장고

계속 때려야 죽지 않는 것은?

사물 12

빈칸에 정답을 써 보세요.

"줄로 치면
빙글빙글 돌아가는
☐☐야."

🔍 깜짝 상식

누구나 쉽게 즐길 수 있는
장난감이에요.
뾰족한 부분을 바닥에 놓고
줄로 치면 빠르게 돌아요.

정답 팽이

문제투성이인 것은?

표에서 글자를 찾아
정답을 맞혀 보세요.

백	시	자
과	지	험
영	는	수

🔍 깜짝 상식

시험 문제가 가득 적힌 종이나 답을 쓰는 종이예요.
□□□를 풀면서, 지금까지 배운 내용을
잘 이해하고 있는지 확인할 수 있지요.

정답 시험지

사물 14

먹을수록 가벼워져서 둥둥 뜨는 것은?

그림자를 보고
정답을 맞혀 보세요.

🔍 깜짝 상식

얇은 고무주머니에 공기를 넣어 부풀린 것이에요.
헬륨을 넣으면 공중에 둥둥 뜨지요.
날카로운 물건에 닿으면 '펑!' 하고 터진답니다.

사물 15

불은 불인데
연기가 안 나는
불은?

보기 3개 중에서
정답을 골라 보세요.

1. 등불
2. 모닥불
3. 이불

🔍 깜짝 상식

잠잘 때 몸을 따뜻하게 덮는 물건이에요.
계절이나 날씨에 맞춰 가볍거나 두꺼운 것으로
바꿔 사용하지요.

정답 이불

몸이 커질수록 작아지는 것은?

사물 16

○○○○○○○○○○○○○○○○○○○○○○○○○○○

초성을 보고 정답을 맞혀 보세요.

ㅇ

🔍 **깜짝 상식**

몸에 입는 것을 ☐이라고 해요. 체온을 조절하고, 몸을 보호하고, 자신의 개성을 나타낼 수 있지요. 종류가 많아서 골라 입을 수 있어요.

옷 : 답정

사물 17

똑같은 물건인데 사람마다 다르게 보이는 것은?

사물

힌트를 차례로 보며 정답을 맞혀 보세요.

물체를 반사해요.

⬇

좌우가 반대로 보여요.

⬇

들고 다닐 수 있어요.

🔍 깜짝 상식

보는 사람의 모습을 반사시켜 보여 주는 물건이에요.
□□의 종류나 보는 방향에 따라
□□ 속 내 모습이 다르게 보여요.

정답 거울

학용품 중에 제일 게으른 것은?

사물 18

빈칸에 정답을 써 보세요.

"정확한 길이를 알려 주는 □야."

🔍 깜짝 상식

길이를 재거나 선을 그을 때 쓰는데,
기다란 네모 모양이에요. 같은 간격으로 그어진
선을 보고 물건의 정확한 길이를 확인할 수 있어요.

정답 : 자

열심히 쓸수록 작아지는 것은?

표에서 글자를 찾아
정답을 맞혀 보세요.

물	지	책
우	펜	볼
개	공	컵

🔍 깜짝 상식

연필로 쓴 글씨나 그림을 지울 때 써요.

잘못 쓴 부분을 지우고 다시 쓸 수 있지요.

미술용 ☐☐☐, 고무 ☐☐☐ 등 종류가 많아요.

정답 지우개

업고 올라가서 타고 내려오는 것은?

사물 20

그림자를 보고
정답을 맞혀 보세요.

🔍 깜짝 상식

사람이나 물건이 하늘에서 땅으로 내려올 때 펼쳐요.
☐☐☐의 천이 펼쳐지면서 떨어지는 속도를
줄여 주기 때문에 천천히 내려올 수 있지요.

정답 낙하산

자는 자인데 부엌에서만 쓰는 자는?

보기 3개 중에서
정답을 골라 보세요.

1. **글자**
2. **국자**
3. **과자**

🔍 깜짝 상식

국이나 찌개를 만든 다음 ☐☐로 그릇에 담아요.
손잡이가 긴 숟가락처럼 생겨서
재료를 섞거나 국물이 있는 음식을 뜰 때 편해요.

정답 국자

사물 22

닦으면 닦을수록 점점 더러워지는 것은?

○○○○○○○○○○○○○○○○○○○○○○○○

초성을 보고
정답을 맞혀 보세요.

ㄱ ㄹ

🔍 깜짝 상식

더러운 곳을 닦을 때 쓰는 천이에요.
긴 막대가 달린 대□□를 쓰면,
손이 닿지 않는 곳도 쉽게 청소할 수 있어요.

정답 걸레

여름에 일하고 겨울에 쉬는 것은?

사물 23

○○○○○○○○○○○○○○○○○○○○○○○○○○

힌트를 차례로 보며 정답을 맞혀 보세요.

사물

바람을 만들어요.

↓

더운 날씨에 써요.

↓

공기를 움직여요.

🔍 깜짝 상식

더운 여름에 꼭 필요한 기계예요.
날개가 돌면서 공기를 움직이고, 바람을 만들지요.
바람을 맞으면 체온이 내려가 시원해진답니다.

정답 선풍기

다리만 있고 발은 없는 것은?

사물 24

빈칸에 정답을 써 보세요.

"□□ 는 다리를 보호해."

🔍 깜짝 상식

치마처럼 아래에 입는데, 다리를 각각 넣어요.
편안하게 움직일 수 있어서 인기가 많지요.
청□□, 반□□ 등 종류가 다양해요.

정답 바지

물에 적셔서 입는 옷은?

사물 25

사물

표에서 글자를 찾아
정답을 맞혀 보세요.

태	진	수
복	영	도
권	배	무

🔍 깜짝 상식

수영이나 물놀이를 할 때 입는 옷이에요.
몸에 맞게 잘 늘어나고 빨리 마르지요.
머리에 쓰는 수영모, 물안경과 같이 써요.

정답 수영복

다리가 네 개지만 혼자 걷지 못하는 다리는?

사물 26

그림자를 보고
정답을 맞혀 보세요.

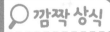
🔍 깜짝 상식

다리가 긴 □□□를 타면 높이 올라갈 수 있어요.
위쪽에 놓인 물건을 쉽게 꺼낼 수 있지요.
흔들리지 않도록 안전하게 놓고 사용해야 해요.

정답 사다리

사물 27

물 중에서 아주 오래되고 낡은 물은?

보기 3개 중에서
정답을 골라 보세요.

1 선물
2 고물
3 나물

🔍 **깜짝 상식**

오래된 물건이나 더 이상 쓰지 않는 물건을 말해요.
□□을 사고파는 □□상도 있지요.
'고'는 오래되고 낡았다는 뜻이에요.

사물 28

주름진 몸을 줄였다 늘렸다 하며 노래 부르는 것은?

초성을 보고 정답을 맞혀 보세요.

ㅇ ㅋ ㄷ ㅇ

피아노처럼 생겼는데,
손에 들고 연주할 수 있어요.
오른쪽의 피아노와 왼쪽의
버튼을 눌러 소리를 내지요.

정답 아코디언

오래된 것일수록 젊어 보이는 것은?

사물 29

힌트를 차례로 보며 정답을 맞혀 보세요.

잠깐의 순간을 담아요.

카메라로 찍어요.

오래 보관할 수 있어요.

🔍 깜짝 상식

소중한 날에 ☐☐을 찍으면, 스쳐 지나가는 순간을
영원히 추억으로 간직할 수 있어요.
휴대폰 카메라나 필름 카메라 등으로 찍지요.

정답 사진

크게 방귀를 뀌고 하늘 높이 올라가는 것은?

사물 30

빈칸에 정답을 써 보세요.

"먼 우주로 쏘아 보내는

 이야."

🔍 깜짝 상식

우주 비행사는 커다란 우주선을 타고 우주로 가요.
□□은 우주선이 지구를 벗어나
우주까지 갈 수 있도록 강력한 가스를 뿜어요.

언제나 남의 말만 전하는 것은?

사물 31

표에서 글자를 찾아
정답을 맞혀 보세요.

수	사	인
형	전	탕
기	화	건

🔍 깜짝 상식

멀리 떨어져 있는 사람과 이야기를 나눌 수 있도록
만든 기계예요. 처음에는 선이 달려 있었는데,
빠르게 발전해서 지금의 스마트폰이 되었답니다.

사물 32

자루는 자루인데 아무것도 담지 못하는 자루는?

그림자를 보고
정답을 맞혀 보세요.

🔍 깜짝 상식

□□□는 청소 도구 중 하나인데,
먼지나 쓰레기를 깨끗하게 쓸어 낼 때 써요.
쓰레기를 담는 쓰레받기와 함께 쓰지요.

방은 방인데 가지고 다닐 수 있는 방은?

보기 3개 중에서
정답을 골라 보세요.

1 주방
2 안방
3 가방

🔍 깜짝 상식

책과 공책, 필통 등 다양한 물건을 ☐☐에 담아
가지고 다닐 수 있어요. 모양과 크기에 따라
책☐☐, 손☐☐처럼 종류를 나눌 수 있답니다.

사물

정답 3가방

42

사물 34

굴리면 굴릴수록 커지는 것은?

초성을 보고 정답을 맞혀 보세요.

ㄴ ㄷ ㅇ

눈이 펑펑 내리는 겨울날, 눈을 손으로 뭉쳐서 만든

□□□로 친구와 눈싸움을 할 수 있어요.

□□□ 두 개를 위로 쌓으면 눈사람이 되지요.

정답 곡음이

대부분의 사람들이 가지고 있는 멍은?

사물 35

•⚬•⚬•⚬•⚬•⚬•⚬•⚬•⚬•⚬•⚬•⚬•⚬•⚬•⚬•

힌트를 차례로 보며 정답을 맞혀 보세요.

> 얼굴에 있어요.
>
> ⬇
>
> 모두 네 개가 있어요.
>
> ⬇
>
> 냄새를 맡고 소리를 들어요.

🔍 깜짝 상식

사람들은 코로 숨을 쉬고 향기로운 냄새를 맡아요.
귀로는 신나는 음악을 들을 수 있지요.
이 구멍들은 코와 귀에 난 구멍이랍니다.

정답 콧구멍, 귓구멍

사물 36

건드리기만 해도 혼나는 집은?

빈칸에 정답을 써 보세요.

"벌들이 모여 사는
☐☐ **이야."**

🔍 깜짝 상식

'위잉위잉' 날아다니는 벌들이 사는 집이에요.
육각형 모양으로 생겼는데, 꽃을 찾아 열심히 모은
달콤한 꿀을 ☐☐에 저장한답니다.

정답 벌집

한눈에 보는 사물 수수께끼

사물 수수께끼의
정답을 맞혀요.

1
밟으면 밟을수록
달아나는 것은?

2
물은 물인데
물고기가
싫어하는
물은?

3
밥을 먹을 때마다
키를 재는
것은?

4
더우면 키가 커지고
추우면 키가
작아지는
것은?

5
막대로 때리면
노래를 부르는
것은?

6
네 쌍둥이가
굴러다니며
노는 것은?

알맞은 퍼즐 조각을 찾아 연결하고, 퍼즐을 완성해요.

49

물고기의
반대말은?

세상에서
제일 긴
음식은?

콩이
바쁘면?

파 중에서
가장
유명한
파는?

오이가
무릎을
치면?

씹어 먹는
물은?

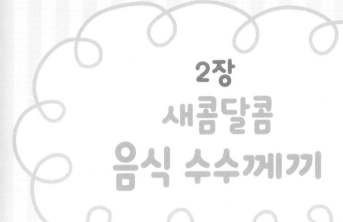

2장
새콤달콤
음식 수수께끼

음식 01

겉은 초록색이고 속은 빨간색인 박은?

보기 3개 중에서
정답을 골라 보세요.

1 또박
2 수박
3 우박

🔍 깜짝 상식

수분이 많은 대표적인 여름 과일이에요.
시원하고 달콤해서 사람들이 많이 먹지요.
음료수에 넣어 맛있는 화채를 만들기도 해요.

정답 수박

몸은 하얀데 늘 노란색 옷을 입고 있는 것은?

음식 02

초성을 보고 정답을 맞혀 보세요.

ㅊㅇ

🔍 깜짝 상식

수박, 멜론과 함께 여름을 대표하는
과일 중 하나예요. 노란색 껍질을 깎으면
하얀 알맹이가 나와요. 속에 작은 씨앗이 많지요.

정답 참외

음식 03

파 중에서 가장 유명한 파는?

음식

○○○○○○○○○○○○○○○○○○○○

힌트를 차례로 보며
정답을 맞혀 보세요.

이탈리아 음식이에요.

⬇

면으로 만들어요.

⬇

다양한 맛이 있어요.

🔍 깜짝 상식

면으로 만드는 이탈리아 요리예요.
면의 모양에 따라 스파게티, 라자냐 등으로 나눠요.
모양마다 어울리는 소스가 있어요.

정답 파스타

음식 04

소는 소인데 날로 먹는 소는?

빈칸에 정답을 써 보세요.

"우리를
건강하게 해 주는
☐☐ 야."

🔍 깜짝 상식

우리 몸에 필요한 영양소가 많이 들어 있어요.
먹으면 몸이 튼튼해지고, 병을 예방하는 데
도움을 주지요.

정답 채소

제비는 제비인데 사람들이 즐겨 먹는 제비는?

음식 05

표에서 글자를 찾아
정답을 맞혀 보세요.

초	수	국
만	장	제
두	된	비

🔍 깜짝 상식

밀가루로 만든 반죽을 끓는 국물에 넣어 만들어요.
반죽을 손으로 조금씩 떼어 넣지요.
간단하게 만들 수 있지만 맛있는 음식이랍니다.

음식 수제비

음식 06

누구에게나 옷을 벗으라고 명령하는 채소는?

그림자를 보고
정답을 맞혀 보세요.

🔍 깜짝 상식

채소처럼 보이지만 사실 곰팡이의 한 종류예요.

팽이☐☐, 표고☐☐ 등 맛과 종류가 다양해요.

독이 있을 수 있으니 모르는 ☐☐은 먹으면 안 돼요.

정답 버섯

57

음식

음식 07

'소를 보러 간 빵'을 네 글자로 하면?

보기 3개 중에서
정답을 골라 보세요.

1 **소보로빵**
2 **식빵**
3 **크림빵**

🔍 깜짝 상식

빵 위에 오돌토돌하고
달콤한 쿠키가 있어요.
간식으로 많이 먹지요.
'곰보빵'이라고도 불러요.

정답 소보로빵

음식 08

물은 물인데
씹어 먹는 물은?

초성을 보고 정답을 맞혀 보세요.

ㄴ ? ㅁ

🔍 깜짝 상식

사람이 먹을 수 있는 풀이나 나뭇잎을

☐☐이라고 해요. 새싹이나 어린잎을 따서 먹는데,
여러 가지 방법으로 요리할 수 있어요.

롬ㄱ 나물

동그라미였다가
먹을 때 부채꼴로
변하는 것은?

음식 09

음식

힌트를 차례로 보며
정답을 맞혀 보세요.

납작한 빵이에요.

이탈리아에서 만들었어요.

여러 가지 재료를 넣어요.

🔍 깜짝 상식

둥글게 편 밀가루 반죽에 토마토 소스를 바르고,
여러 가지 재료와 치즈를 얹어 구워요.
한입 베어 물면 맛있는 치즈가 쭉 늘어나지요.

정답 피자

음식 10

껍질을 벗기지 않고 먹을 수 있는 알은?

빈칸에 정답을 써 보세요.

"우리가 매일 먹는

☐☐이야."

🔍 깜짝 상식

쌀을 물과 함께 넣고 끓이면 밥이 돼요.
☐☐은 이렇게 만든 밥 하나하나의 알갱이,
즉 밥의 낱알을 가리키는 말이에요.

세상에서 제일 긴 음식은?

표에서 글자를 찾아
정답을 맞혀 보세요.

간	고	된
깨	장	참
추	기	름

🔍 깜짝 상식

조그만 씨앗인 참깨를 기계로 눌러 만든
기름이에요. 고소한 냄새가 나지요.
□□□을 넣으면 음식이 더 맛있어져요.

음식

정답 참기름

음식 12

물고기인데 물에 살지 않는 것은?

그림자를 보고 정답을 맞혀 보세요.

🔍 깜짝 상식

우리나라의 대표적인 길거리 간식 중 하나예요. 붕어 모양의 빵 안에 팥이나 슈크림 같은 재료가 들어 있지요. 겨울에 많이 볼 수 있답니다.

붕어빵 :답정

음식 13

물에서 태어났는데 물에 들어가면 사라지는 것은?

보기 3개 중에서
정답을 골라 보세요.

1 후추
2 설탕
3 소금

🔍 깜짝 상식

짠맛을 내는 조미료로, 주로 바닷물에서 얻어요.

바닷물에서 물이 사라지면 ☐☐만 남지요.

적당한 양을 넣어 맛있는 음식을 만들 수 있어요.

정답 3소금

음식 14

오이가 무를 치면?

초성을 보고 정답을 맞혀 보세요.

🔍 깜짝 상식

☐☐ ☐☐은 상큼한 오이에 양념을 넣고
맛있게 무친 음식이에요. 여름에 많이 나오는
오이로 만드는 간단한 반찬이랍니다.

콩이 바쁘면?

음식

히트를 차례로 보며
정답을 맞혀 보세요.

> 콩으로 만들어요.

> 두부를 만들 때 생겨요.

> 찌개로 만들어 먹어요.

🔍 깜짝 상식

두부를 만들고 남은 찌꺼기가
바로 ☐☐예요.
바쁘다는 말은 영어로 'busy'
인데, ☐☐라고 읽어요.

정답 비지

음식 16

뜨거운 곳에 들어가 옷을 입고 나오는 것은?

빈칸에 정답을 써 보세요.

"바삭바삭, 소리도 맛있는 ☐☐이야."

🔍 깜짝 상식

밀가루를 묻힌 고기나 생선, 채소를
뜨거운 기름에 튀겨 빠르게 익힌 음식이에요.
겉은 바삭바삭하고 속은 촉촉해서 인기가 많아요.

정답 튀김

음식 17

세상에서 가장 딱딱한 고기는?

음식

표에서 글자를 찾아
정답을 맞혀 보세요.

오	쇠	파
해	고	징
리	어	기

🔍 깜짝 상식

'음메~' 하고 우는 소의 고기를 ☐☐☐라고 해요.
'소고기'라고도 부르지요. 스테이크, 갈비찜,
장조림 등 다양한 요리를 만들 수 있답니다.

음식 18

쌍둥이가 작은 방에 같이 사는 것은?

그림자를 보고
정답을 맞혀 보세요.

🔍 깜짝 상식

□□은 따뜻한 나라에서 자라요.
딱딱한 껍데기 안에 껍질에 싸인 씨앗 두 개가 있지요.
고소한 맛이 나고 영양도 풍부해요.

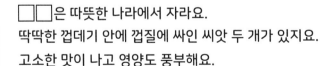

정답 땅콩

보름달 안에 반달이 여러 개 있는 것은?

보기 3개 중에서
정답을 골라 보세요.

1 사과
2 귤
3 복숭아

🔍 깜짝 상식

동글동글한 주황빛 과일이에요.
새콤달콤한 맛이 나서 인기가 많아요.
주스로 갈아 마시거나 잼으로도 먹는답니다.

정답 귤

음식 20

자동차를 깜짝 놀라게 하면?

♡♡♡♡♡♡♡♡♡♡♡♡♡♡♡♡♡♡♡♡♡♡♡

초성을 보고 정답을 맞혀 보세요.

ㅋ ㄴ ㄹ ㅇ

🔍 깜짝 상식

노란 유채꽃에서 나온 유채씨로 만들어요.
볶음, 부침 등 다양한 요리 방법에 알맞아서
많은 사람들이 즐겨 사용하지요.

정답 카놀라유

음식 21

밥을 뜨거운 목욕탕에 넣으면?

힌트를 차례로 보며
정답을 맞혀 보세요.

아플 때 먹어요.

오래 끓여서 만들어요.

종류가 다양해요.

🔍 깜짝 상식

아플 때 자주 먹는 음식이에요.
소화가 잘되고, 몸을 따뜻하게 만들어 주지요.
밥을 물에 넣고 푹 끓여 만들 수 있어요.

정답 죽

음식

세상에서 가장 잔인한 비빔밥은?

음식 22

○○○○○○○○○○○○○○○○○○○○○○○○○○

빈칸에 정답을 써 보세요.

"숟가락으로 비벼 먹는

◻️◻️ ◻️◻️◻️ 이야."

🔍 깜짝 상식

'산채'는 산에서 나는 나물인 산나물을 뜻해요.
산나물과 밥, 고추장을 넣어 비비면
맛있는 식사가 완성된답니다.

음식 23

가장 믿음직스러운 오리는?

음식

표에서 글자를 찾아
정답을 맞혀 보세요.

가	더	매
미	자	덕
달	실	걀

🔍 **깜짝 상식**

작고 길쭉한 모양인데,
씹으면 '오도독'
소리가 나는 해산물이에요.
짭짤하고 시원한 맛이지요.

정답 미더덕

깨뜨려야 먹을 수 있는 것은?

음식 24

그림자를 보고
정답을 맞혀 보세요.

🔍 깜짝 상식

□□은 닭이 낳은 알이에요. 단백질이 풍부해
사람들에게 사랑받는 재료랍니다.
다양한 방법으로 요리할 수 있어요.

정답 달걀

음식 25

소고기가 없는 나라는?

음식

보기 3개 중에서
정답을 골라 보세요.

① 김칫국
② 소고기 무국
③ 된장국

🔍 깜짝 상식

소고기와 무를 넣고 끓여 만들어요.
고기와 무에서 맑고 시원한 맛이 난답니다.
한자로 '무'는 없다는 뜻이에요.

정답 소고기 무국(무국)

'딸기가 직장을 잃었다'를 네 글자로 하면?

음식 26

* * *

초성을 보고 정답을 맞혀 보세요.

ㄸ ? ㄱ ㅅ ㄹ

🔍 깜짝 상식

새콤달콤한 딸기를 설탕에 졸여 만들어요.
'실업'은 직장을 잃었다는 뜻인데,
'시럽'이라고 발음해요.

정답: 딸기 시럽

77

음식 27

물고기의 반대말은?

음식

힌트를 차례로 보며
정답을 맞혀 보세요.

> 양념한 고기예요.

⬇

> 불에 구워 먹어요.

⬇

> 사람들이 좋아해요.

🔍 깜짝 상식

얇게 썬 쇠고기에 간장 양념을 해서 구운 음식이에요.
우리나라의 전통 요리 중 하나지요.
'불에 구운 고기'라는 뜻이랍니다.

불고기

머리가 두 개여도 살 수 있는 것은?

음식 28

○○○○○○○○○○○○○○○○○○○○○○

빈칸에 정답을 써 보세요.

"물을 주면
쑥쑥 자라는

☐☐☐ 이야."

🔍 깜짝 상식

콩을 깨끗이 씻어 어두운 곳에 두면, 콩이 갈라지며
싹이 나요. 그리고 빠르게 쑥쑥 자라지요.
머리는 노란색이고, 몸통과 뿌리는 흰색이에요.

콩나물 :답정

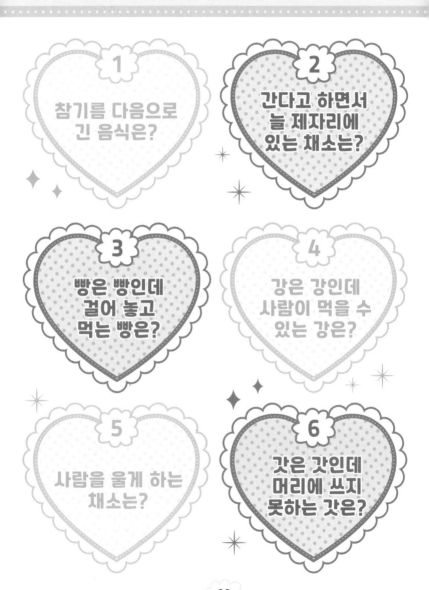

1

참기름 다음으로
긴 음식은?

2

간다고 하면서
늘 제자리에
있는 채소는?

3

빵은 빵인데
걸어 놓고
먹는 빵은?

4

강은 강인데
사람이 먹을 수
있는 강은?

5

사람을 울게 하는
채소는?

6

갓은 갓인데
머리에 쓰지
못하는 갓은?

정답 ①들기름 ②가지 ③건빵 ④생강 ⑤양파 ⑥쑥갓 ⑦바비큐
⑧곰탕 ⑨인삼차 ⑩추어탕

길 찾기 놀이터

폼폼푸린, 친구들과 함께
순서에 맞춰 길을 찾아요.

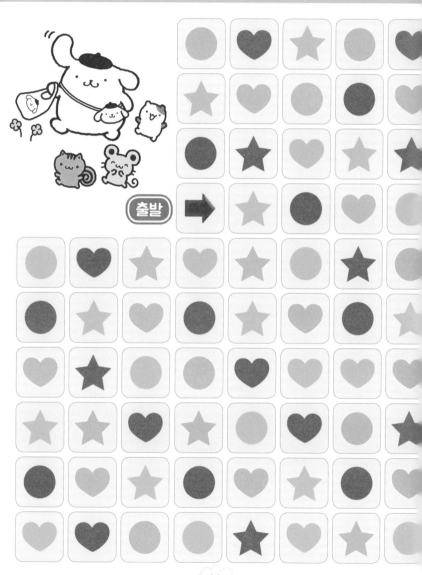

출발 ➡️

82

고양이를
미워하는
동물은?

맨날 지는
동물은?

바닷속에
사는
파리는?

세상에서
제일 비싼
붕어는?

스스로
움직이는
팽이는?

진짜 새의
이름은?

3장
와글와글
동물 수수께끼

세상에서 제일
달콤한 벌은?

동물 01

힌트를 차례로 보며
정답을 맞혀 보세요.

꿀과 꽃가루를 모아요.

여럿이 함께 살아요.

할 일이 나눠져 있어요.

🔍 깜짝 상식

우리가 먹는 꿀은 이 곤충이 모은 것이에요.
꽃이 열매나 씨앗을 맺을 수 있도록 돕지요.
춤을 춰서 의사소통해요.

벌꿀 :답정

동물 02

불은 불인데 뜨겁지 않은 불은?

♡♡♡♡♡♡♡♡♡♡♡♡♡♡♡♡♡

빈칸에 정답을 써 보세요.

"**어두운 밤에**
반짝반짝 빛나는

☐☐☐☐**야.**"

🔍 깜짝 상식

'개똥벌레'라고도 부르며, 깨끗한 곳에 살아요.
배마디 끝에 빛을 내는 기관이 있어서
밤에 노란빛을 내며 아름답게 빛난답니다.

정답 반딧불이

바닷속에 사는 파리는?

표에서 글자를 찾아 정답을 맞혀 보세요.

바	해	갈
파	다	기
매	리	랑

🔍 깜짝 상식

부드럽고 말랑말랑하게 생겼지만,
겉모습과 다르게 위험한 독을 가지고 있어요.
촉수에 수많은 독침 세포가 빽빽하지요.

정답 해파리

항상 가위를 들고 다니는 동물은?

동물 04

°°°°°°°°°°°°°°°°°°°°°°°°°°°°°°

그림자를 보고
정답을 맞혀 보세요.

🔍 깜짝 상식

바다와 호수, 습지 등 다양한 곳에 살아요.
단단한 껍데기로 덮여 있지요. 다리가 열 개 있는데,
그중에 두 개는 커다란 집게발이랍니다.

정답: 게

동물 05

똑똑해서 학교에 다니는 물고기는?

♡♡♡♡♡♡♡♡♡♡♡♡♡♡♡♡♡♡♡♡♡♡♡♡♡

보기 3개 중에서
정답을 골라 보세요.

1. 갈치
2. 연어
3. 고등어

🔍 깜짝 상식

배는 흰색이고, 등은 푸른색인 바다 생선이에요.
맛있고 영양가가 높아 사람들에게 인기가 많지요.
'고등'은 등급이나 수준이 높다는 뜻이에요.

동물

정답 고등어

동물 06

이기지 못하고 맨날 지는 동물은?

초성을 보고
정답을 맞혀 보세요.

ㅈ ㄴ

🔍 깜짝 상식

다리가 굉장히 많은 곤충으로, 적게는 30개에서
많게는 400개가 넘는 다리를 가지고 있어요.
독을 사용해 먹이를 잡지요.

정답: 지네

동물 07

다리 없이 배로 다니는 동물은?

힌트를 차례로 보며 정답을 맞혀 보세요.

몸이 비늘로 덮여 있어요.

↓

먹이를 꿀꺽 삼켜요.

↓

독이 있는 종류도 있어요.

🔍 깜짝 상식

몸이 가늘고 긴 파충류예요.
먹이를 마비시키고 소화할 때 독을 사용하지요.
혀를 내밀어 냄새를 맡거나 방향을 알 수 있어요.

뱀 品

자기 위에 타라고 하는 동물은?

빈칸에 정답을 써 보세요.

"성큼성큼
뛰어다니는
□□야."

🔍 깜짝 상식

가장 큰 새이자, 가장 빨리 달리는 새예요.
날 수 없지만, 길고 튼튼한 다리로 빠르게 달리지요.
넓은 초원이나 사막에 살아요.

정답 타조

동물 09

어릴 때는 못 울고 크고 나서 우는 동물은?

동물

표에서 글자를 찾아
정답을 맞혀 보세요.

사	개	구
의	병	리
원	담	오

🔍 깜짝 상식

물가나 연못처럼 축축한 곳에 사는 파충류예요.
알에서 태어난 올챙이가 다 자라면,
'개굴개굴' 하고 우는 이 동물이 되지요.

정답 개구리

동물 10

어디 가지 않아도 간다고 하는 동물은?

그림자를 보고
정답을 맞혀 보세요.

🔍 깜짝 상식

바다의 밑바닥이나 바닥 가까이에 살아요.
몸이 납작하고 넓어서 헤엄칠 때 날개처럼 펼쳐져요.
꼬리에는 뾰족하고 단단한 독 가시가 있답니다.

정답 가오리

동물 11

일곱 가지 얼굴을
가진 새는?

보기 3개 중에서
정답을 골라 보세요.

1 칠면조

2 타조

3 백조

🔍 깜짝 상식

수컷은 크고 화려한 깃털을
부채처럼 펼칠 수 있어요.
얼굴과 목의 피부가
여러 색으로 보이지요.

조면칠 ①답정

산타클로스가 가장 좋아하는 동물은?

동물 12

♡♡♡♡♡♡♡♡♡♡♡♡♡♡♡♡♡♡♡♡♡♡♡♡♡

초성을 보고
정답을 맞혀 보세요.

🔍 깜짝 상식

산타클로스의 썰매를 끄는 동물이에요.

수컷과 암컷 모두 머리에 멋진 뿔이 있지요.

1년 중 대부분이 눈으로 덮인 추운 곳에 살아요.

순록 :답장

동물 13

여름에만 신나게 노래하는 곤충은?

동물

힌트를 차례로 보며
정답을 맞혀 보세요.

한여름에 볼 수 있어요.

⬇

숲이나 공원에 살아요.

⬇

'맴맴' 하고 울어요.

🔍 깜짝 상식

더운 여름을 상징하는 곤충이에요.
애벌레로 5년 정도 땅속에 살다가, 성장하면
밖으로 나와요. 수컷만 울음소리를 낼 수 있지요.

미매 답정

물에 녹지 않고 물 위에 둥둥 뜨는 소금은?

동물 14

빈칸에 정답을 써 보세요.

"가라앉지 않고 물 위를 걷는 ☐☐☐☐야."

🔍 깜짝 상식

호수나 연못처럼 물이 있는 곳에 사는 곤충이에요.
기다란 다리 끝이 작은 털로 덮여 있어서
몸이 물에 잠기지 않고 물 위를 걸을 수 있지요.

정답 소금쟁이

세상에서 제일 비싼 붕어는?

표에서 글자를 찾아
정답을 맞혀 보세요.

동물 15

금	아	자
양	붕	라
남	상	어

🔍 깜짝 상식

붕어의 한 종류로, 깨끗한 민물에 살아요.
몸 색깔이 아름답고, 쉽게 기를 수 있어서
사람들에게 인기가 많지요.

정답은 금붕어

100

동물 16

손 대신 항문으로 일하는 동물은?

그림자를 보고
정답을 맞혀 보세요.

🔍 깜짝 상식

다리가 네 쌍으로, 모두 여덟 개예요.
항문 근처의 돌기에서 가는 실을 뽑아 줄을 치고
줄에 걸린 작은 곤충들을 잡아먹지요.

정답 거미

동물 17

사람보다 곶감을 무서워하는 동물은?

보기 3개 중에서
정답을 골라 보세요.

1 호랑이
2 원숭이
3 부엉이

🔍 깜짝 상식

날카로운 송곳니와 멋진 무늬를 가진 동물이에요.
이 동물이 곶감을 무서워한다는 것은 전래동화
<□□□와 곶감>에 나오는 이야기랍니다.

정답 호랑이

동물 18

물속에서 총을 쏘는 새는?

초성을 보고
정답을 맞혀 보세요.

ㅁ ㅊ ㅅ

🔍 깜짝 상식

물가에 사는 작은 새로,
부리가 길고 뾰족해요.
먹이를 발견하면 재빨리 날아
부리로 정확히 찌르지요.

가장 오래 사는 풍뎅이는?

동물 19

힌트를 차례로 보며
정답을 맞혀 보세요.

껍질이 딱딱해요.

⬇

큰 뿔이 있어요.

⬇

나무 수액을 먹어요.

🔍 **깜짝 상식**

수컷의 머리에 큰 뿔이 있는 것으로 유명해요.
이름의 '장수'는 오래 산다는 뜻이 아니라
군대를 이끄는 우두머리, 즉 장군이라는 뜻이에요.

장수풍뎅이

동물 20

진짜 새의 이름은?

빈칸에 정답을 써 보세요.

"주변에서 쉽게
만날 수 있는
귀여운

☐☐야."

🔍 깜짝 상식

짧은 부리로 작은 씨앗을 먹거나 벌레를 잡아요.
귀여운 외모 덕분에 사람들에게 사랑받고 있지요.
도시와 농촌 등 다양한 곳에 살아요.

정답 참새

105

뱀은 뱀인데 네 발로 걷는 뱀은?

표에서 글자를 찾아 정답을 맞혀 보세요.

박	하	리
도	마	뱀
쥐	토	끼

🔍 깜짝 상식

시각과 후각이 매우 뛰어난 동물이에요.
위험할 때 스스로 꼬리를 자르고 도망치기도 해요.
벽이나 천장에 붙어 다니는 종류도 있지요.

정답 도마뱀

스스로 움직이는 팽이는?

그림자를 보고
정답을 맞혀 보세요.

🔍 깜짝 상식

꼬불꼬불한 모양의 껍데기를 가지고 있어요.
위험해지면 껍데기 안으로 숨어 버리지요.
천천히 움직이고, 다양한 식물을 먹는답니다.

정답 달팽이

쥐는 쥐인데 날아다니는 쥐는?

동물 23

보기 3개 중에서
정답을 골라 보세요.

1 콩쥐팥쥐
2 박쥐
3 생쥐

🔍 깜짝 상식

주로 밤에 활동하는 동물로, 포유류 중에 유일하게
날 수 있어요. 어두운 동굴이나 나무 구멍에 살아요.
이름에 '쥐'가 들어가지만, 쥐와 전혀 다르답니다.

정답 박쥐

동물 24

벌레 중에 가장 빠른 벌레는?

초성을 보고
정답을 맞혀 보세요.

ㅂ ㅋ ㅂ ㄹ

🔍 깜짝 상식

돌이나 낙엽 아래처럼 어두운 곳에 살아요.
바퀴를 달고 있는 것처럼 빠르게 움직이지요.
등에 날개가 달려서 날 수 있는 종류도 있어요.

정답 바퀴벌레

귀는 귀인데 들지 못하는 귀는?

동물 25

힌트를 차례로 보며
정답을 맞혀 보세요.

초록색이나 갈색이에요.

앞다리로 먹이를 사냥해요.

앞다리가 구부러져 있어요.

 깜짝 상식

몸이 길고 날씬해요. 두 개의 앞다리가
낫처럼 구부러져 있어서 먹이를 잡기 쉬워요.
커다란 눈 덕분에 밤에도 물체를 잘 볼 수 있지요.

정답 사마귀

고양이를 미워하는 동물은?

동물 26

빈칸에 정답을 써 보세요.

**"두 발로 서서
주변을 살피는

□□□이야."**

🔍 깜짝 상식

몸집이 작고 가벼워요.
20~50마리가 함께
생활하고, 서로 힘을 모아
주변을 경계해요.

정답 미어캣

세상에서 **장독 수리**를 제일 **잘 하는** 동물은?

동물 27

표에서 글자를 찾아
정답을 맞혀 보세요.

소	문	어
독	참	황
새	수	리

🔍 깜짝 상식

성질이 사납고 육식을 하는 새예요.
발톱과 부리가 날카롭고, 사냥을 아주 잘해요.
천연기념물로 정해져서 보호받고 있답니다.

정답 독수리

다리를 꼼짝 못 하게 만드는 동물은?

동물 28

♡♡♡♡♡♡♡♡♡♡♡♡♡♡♡♡♡♡♡♡♡♡♡♡♡♡♡♡

그림자를 보고
정답을 맞혀 보세요.

🔍 깜짝 상식

커다란 앞니를 가진 작은 동물이에요.
다리 등 몸의 한 부분이 갑자기 떨리거나 저릴 때
'□가 났다'고 표현하지요.

동물 29

물은 물인데 마실 수 없는 물은?

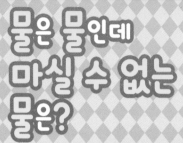

보기 3개 중에서
정답을 골라 보세요.

① **강물**
② **진딧물**
③ **냇물**

🔍 깜짝 상식

식물의 즙을 빨아먹는
작은 곤충이에요.
농작물에 큰 피해를 주는
해충이지요.

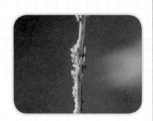

정답 진딧물

동물 30

코 위에 뿔이 난
동물은?

초성을 보고
정답을 맞혀 보세요.

ㅋ ㅃ ㅅ

🔍 깜짝 상식

머리에 1~2개의 뿔이
있어요. 힘이 아주 세고
몸무게가 많이 나가지요.
피부도 두껍답니다.

정답 코뿔소

달은 달인데 물속을 헤엄치는 달은?

동물 31

힌트를 차례로 보며
정답을 맞혀 보세요.

물고기나 갑각류를 먹어요.

⬇

몸집이 작고 다리가 짧아요.

⬇

주로 밤에 활동해요.

🔍 깜짝 상식

발가락 사이에 있는 물갈퀴와 물에 잘 젖지 않는
털 덕분에 물속에서 생활하기 좋답니다.
우리나라에서는 천연기념물로 보호받고 있어요.

수달 정답

동물 32

개미를 좋아해서 매일 침을 바르는 동물은?

빈칸에 정답을 써 보세요.

"긴 혀로 개미를 잡아먹는 □□□□야."

🔍 깜짝 상식

개미와 흰개미를 먹는 동물로, 이빨이 없는 대신 혀가 길어요. 혀가 끈적끈적해서 개미가 잘 달라붙지요.

동물 33

가방과 다방
사이에 있는 것은?

표에서 글자를 찾아
정답을 맞혀 보세요.

사	개	주
구	나	귀
방	마	리

🔍 깜짝 상식

나비와 비슷하게 생겼지만,
나비와 달리 주로 밤에 활동하는 점이 달라요.
밤에 밝은 가로등 아래에서 쉽게 볼 수 있지요.

정답 나방

동물

밤마다 아우를 부르는 동물은?

동물 34

그림자를 보고
정답을 맞혀 보세요.

🔍 깜짝 상식

멀리서도 들릴 정도로 크게 '아우~' 하고 울어요.
울음소리로 서로 대화할 수 있지요.
강하고 똑똑한 동물로, 무리를 지어 산답니다.

늑대 : 답장

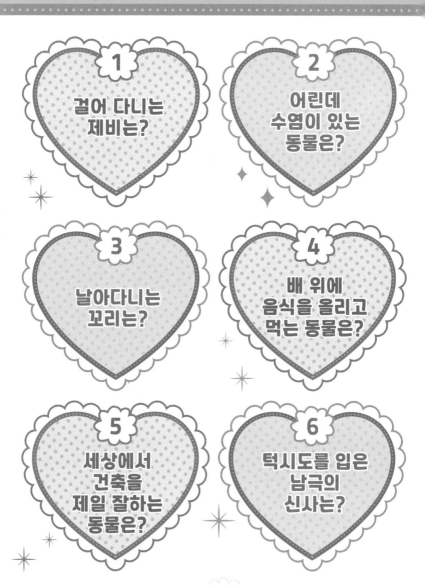

1. 걸어 다니는 제비는?

2. 어린데 수염이 있는 동물은?

3. 날아다니는 꼬리는?

4. 배 위에 음식을 올리고 먹는 동물은?

5. 세상에서 건축을 제일 잘하는 동물은?

6. 턱시도를 입은 남극의 신사는?

위아래를 비교해 다른 곳 5군데를 찾고, 아래 그림에 동그라미 해요.

세상에서
제일 슬픈
별은?

비둘기의
나이는?

사람들이
가장
좋아하는
공은?

세상에서
가장 큰
컵은?

음악과
상관없는
음표는?

노루가
다니는
길은?

4장
키득키득
재치 수수께끼

씨름 선수도 어려워하는 씨름은?

재치 01

표에서 글자를 찾아
정답을 맞혀 보세요.

축	끝	름
말	씨	요
기	구	잇

🔍 깜짝 상식

의견이 다른 사람들이 서로 대화를 나누는
일이에요. 상대방의 의견을 충분히 존중하면서
내 생각을 주장해야 해요.

정답 말씨름

재치 02

세상에서 가장 뜨거운 개는?

그림자를 보고 정답을 맞혀 보세요.

🔍 깜짝 상식

길쭉한 소시지를 나무 막대에 꽂은 다음,
밀가루 반죽을 묻혀 튀긴 간식이에요.
겉에 설탕을 묻히거나 케첩을 뿌려 먹지요.

정답 핫도그

동그라미 두 개로 만들 수 있는 숫자는?

재치 03

⬦⬦⬦⬦⬦⬦⬦⬦⬦⬦⬦⬦⬦⬦⬦⬦⬦⬦⬦⬦⬦⬦⬦⬦

보기 3개 중에서
정답을 골라 보세요.

1 6
2 8
3 9

🔍 깜짝 상식

1부터 순서대로 숫자를 세었을 때,
여덟 번째 숫자예요. 7보다 크고, 9보다 작지요.
동그라미 두 개를 위로 겹친 모양이랍니다.

정답 8

재치 04

싸움을 즐겨 하는 나라는?

초성을 보고 정답을 맞혀 보세요.

ㅊ ㄹ

깜짝 상식

남아메리카에 있는 나라로,
길고 좁은 모양이에요.
세로로 길어서 지역마다
기후와 자연이 달라요.

정답 칠레

재치 05

가위는 가위인데 종이를 자르지 못하는 가위는?

재
치

힌트를 차례로 보며
정답을 맞혀 보세요.

가을에 있어요.

⬇

학교에 가지 않아요.

⬇

큰 보름달이 떠요.

🔍 깜짝 상식

한국의 추석을 뜻하는 말이에요. 가족들과 함께
즐거운 시간을 보내고, 맛있는 음식을 먹지요.
차례를 지내거나 송편을 만들기도 해요.

정답 한가위

재치 06

세상에서 제일 슬픈 별은?

빈칸에 정답을 써 보세요.

"눈물이 날 것처럼

슬픈 ☐☐이야."

🔍 **깜짝 상식**

소중한 사람과 헤어지는 것을 ☐☐이라고 해요.
지금 만날 수 없는 것은 아쉽지만, 시간이 지나면
다시 만날 수 있으니 너무 속상해하지 말아요.

이별 이별

131

꽃 가게 주인이 가장 싫어하는 도시는?

재치 07

표에서 글자를 찾아
정답을 맞혀 보세요.

뉴	서	울
다	욕	시
낭	드	니

🔍 **깜짝 상식**

호주에서 가장 큰 도시예요.
멋진 오페라 하우스가 있고,
아름다운 해변과 다리도
있답니다.

재치 08

술은 술인데 보면 볼수록 놀라운 술은?

그림자를 보고 정답을 맞혀 보세요.

🔍 깜짝 상식

아무것도 없는 모자에서 비둘기를 꺼내거나
다른 사람이 머릿속으로 생각한 숫자를 맞추는 등
불가능해 보이는 일을 실제로 하는 예술이에요.

정답 마술

재치 09

물이 없는 곳에서 하는 물놀이는?

♡♡♡♡♡♡♡♡♡♡♡♡♡♡♡♡♡♡♡♡♡♡♡♡♡♡♡

재치

보기 3개 중에서
정답을 골라 보세요.

1. 사물놀이
2. 소꿉놀이
3. 불꽃놀이

🔍 깜짝 상식

우리나라 악기인 꽹과리, 장구, 징, 북을 연주해요.
악기들은 각각 다른 소리를 내며 함께 어우러져요.
사람들은 공연을 보며 즐거워한답니다.

정답 사물놀이

재치 10

사람들이 가장 좋아하는 공은?

초성을 보고
정답을 맞혀 보세요.

ㅅ ㄱ

🔍 깜짝 상식

간절히 원하던 꿈이나 목표를 이루는 것이에요.
결과도 중요하지만, ☐☐하기 위해
노력하는 과정에서 배운 모든 것이 다 소중해요.

소는 소인데
기름을 많이
가진 소는?

힌트를 차례로 보며
정답을 맞혀 보세요.

휴게소에도 있어요.

기름 냄새가 나요.

세차도 할 수 있어요.

🔍 깜짝 상식

자동차가 도로를 달리려면 기름이 필요해요.
기름이 부족할 때는 □□□에 가서
자신의 차에 맞는 기름을 넣지요.

주유소 :답정

재치 12

항상 위로만 가는 물은?

♡♡♡♡♡♡♡♡♡♡♡♡♡♡♡♡♡♡♡♡♡♡

빈칸에 정답을 써 보세요.

"밥과 과자 모두 ☐☐☐이야."

🔍 깜짝 상식

우리가 먹는 모든 것이 전부 ☐☐☐이에요.
☐☐☐을 소화하면서 몸에 필요한 에너지를
얻을 수 있답니다.

재치 13

언제나 말다툼이 일어나는 곳은?

표에서 글자를 찾아
정답을 맞혀 보세요.

공	경	마
감	호	장
자	원	박

🔍 깜짝 상식

말 경주가 열리는 경기장이에요.
말이 빨리 잘 달릴 수 있도록 길을 관리하지요.
사람들은 앉아서 경기를 보기도 해요.

정답 경마장

재치 14

뒤로 물러나야
이기는 것은?

그림자를 보고
정답을 맞혀 보세요.

🔍 깜짝 상식

사람들을 둘로 나누고, 양쪽에서 줄을 당기는
민속놀이예요. 더 강한 힘으로 상대편의 줄을
가져오는 쪽이 이기지요.

정답 줄다리기

재치 15

아껴 먹어야 칭찬받는 약은?

재치

보기 3개 중에서
정답을 골라 보세요.

1 한약
2 절약
3 화약

🔍 깜짝 상식

필요 없는 물건을 사지 않는 것이에요. 전기나 물,
돈을 아끼는 것도 ☐☐이지요. 아끼는 습관을 통해
물건을 더 오래, 더 잘 쓸 수 있어요.

정답 절약

세균 중에서 가장 센 균은?

재치 16

초성을 보고
정답을 맞혀 보세요.

ㄷ ㅈ ㄱ

🔍 깜짝 상식

몸속의 장에 살면서 소화를 돕는 세균이에요.
손을 깨끗이 씻지 않거나, 더러운 음식을 먹으면
감염되어 배탈이 날 수 있어요.

대장균 :답장

세상에서 가장 깨끗한 욕은?

힌트를 차례로 보며
정답을 맞혀 보세요.

> 샤워와 비슷해요.

> 따뜻한 물에 들어가요.

> 건강에 도움이 돼요.

 깜짝 상식

머리를 감고, 비누로 몸을 깨끗하게 씻는 일이에요.
먼지와 땀을 닦을 수 있어서 건강에 좋지요.
따뜻한 물에 몸을 담그면 기분이 좋아진답니다.

능눅 :답장

재치 18

왕과 헤어질 때 하는 인사는?

빈칸에 정답을 써 보세요.

"탐험가이자
모험가인

☐ ☐ ☐ 이야."

🔍 깜짝 상식

중세 북유럽에 살았던 용감한 사람들이에요.
배를 타고 바다를 건너 여러 나라를 오갔고,
다른 나라의 보물을 빼앗기도 했지요.

과자가 자기소개 하는 것을 세 글자로 하면?

재치

표에서 글자를 찾아
정답을 맞혀 보세요.

국	수	학
어	과	자
전	영	회

🔍 깜짝 상식

큰 잘못을 저질러서 벌을 받았다는 기록이
남은 사람을 □□□라고 해요.
나쁜 일을 하면 그에 맞는 벌을 받게 되지요.

정답 전과자

모든 사람을
서게 만드는
숫자는?

그림자를 보고
정답을 맞혀 보세요.

5

🔍 깜짝 상식

1부터 순서대로 숫자를 세었을 때,

□□ 번째 숫자예요. 다른 말로는 '오'라고 불러요.

한 손의 손가락은 □□ 개예요.

정답 다섯

재치 21

구명보트에 몇 명이 탈 수 있을까?

보기 3개 중에서
정답을 골라 보세요.

1 3명
2 9명
3 10명

🔍 깜짝 상식

배에서 사고가 났을 때, 사람을 구하기 위해 쓰는
작은 배예요. 이름은 '구명보트'지만,
실제로는 더 많은 사람이 탈 수 있답니다.

재치 22

노루가 다니는 길은?

초성을 보고
정답을 맞혀 보세요.

ㄴ ㄹ ㅇ ㅇ

🔍 깜짝 상식

자연이 아름다운 것으로
유명한 나라예요.
길은 영어로 'way'인데,
'웨이'라고 읽어요.

정답 노르웨이

재치 23

세상에서 가장 큰 컵은?

힌트를 차례로 보며
정답을 맞혀 보세요.

재치

스포츠 대회예요.

⬇

축구, 배구 등이 있어요.

⬇

'올림픽'과 달라요.

🔍 깜짝 상식

세계적으로 실력이 뛰어난 선수들이 모여서
누가 더 운동을 잘하는지 겨루는 대회예요.
가장 유명한 축구 □□□은 4년마다 열려요.

월드컵

사계절 내내 항상 피는 꽃은?

재치 24

빈칸에 정답을 써 보세요.

"우리 집에
활짝 피는

□□□이야."

🔍 깜짝 상식

우리는 즐거운 일이 있을 때 활짝 웃어요.
행복한 표정으로 웃는 얼굴이 예쁘다는 의미로
'꽃'에 비유해 표현하지요.

웃음꽃 : 답정

반성문을 영어로 하면?

재치 25

재치

표에서 글자를 찾아
정답을 맞혀 보세요.

글	우	귀
피	로	유
캔	디	벌

🔍 깜짝 상식

반성문은 잘못한 일을 반성하며 쓴 글이에요.

글로 벌을 받는다는 것을 □□□이라고

표현했지요. '세계적인'이라는 뜻의 영어 단어예요.

정답은 글로벌

재치 26

음악과 전혀 상관없는 음표는?

그림자를 보고
정답을 맞혀 보세요.

🔍 깜짝 상식

"밥 먹었어?"처럼 다른 사람에게
무언가를 물어볼 때 문장의 끝에 붙여요.
질문이 아닐 때는 □□□를 쓰지 않는답니다.

표음롬 음표

세상에서 제일 잘 웃는 나라는?

재치 27

보기 3개 중에서
정답을 골라 보세요.

1 방글라데시
2 네팔
3 미얀마

🔍 깜짝 상식

인도, 미얀마와 닿아 있어요.
뱅골어를 사용하지요.
이름에 귀엽게 웃는 모양을
뜻하는 단어가 들어가요.

정답 방글라데시

재치 28
문은 문인데 이곳저곳을 돌아다니는 문은?

초성을 보고 정답을 맞혀 보세요.

ㅅ ㅁ

🔍 깜짝 상식

사람들의 입에서 입으로 전해지는 말이에요.
진짜일 수도 있고, 거짓말일 수도 있어요.
진짜이지만 과장될 수도 있답니다.

정답 소문

가장 크고 힘이 센 콩은?

재치 29

힌트를 차례로 보며
정답을 맞혀 보세요.

영화 주인공이에요.

⬇

고릴라와 닮았어요.

⬇

몸집이 커요.

🔍 깜짝 상식

□□은 영화에 나오는 상상 속 캐릭터예요.
인기가 많아 여러 편의 영화로 만들어졌답니다.
'킹'은 왕이라는 뜻의 영어 단어지요.

정답 킹콩

재치 30

비둘기의 나이는?

빈칸에 정답을 써 보세요.

"비둘기는 '구구'
하고 우니까

 살이야."

🔍 깜짝 상식

비둘기는 거리에서 쉽게 볼 수 있는 새예요.
부리가 짧고 꼬리는 길고 넓지요.
하얀 비둘기는 평화의 상징이기도 해요.

재치 31

코 중에 제일 큰 코는?

표에서 글자를 찾아
정답을 맞혀 보세요.

미	캐	스
멕	국	코
나	시	다

🔍 깜짝 상식

북아메리카에 있는 나라로,
고대 유적과 아름다운
해변으로 유명해요. 많은
사람들이 이곳을 찾지요.

정답 멕시코

재치 32

곰이 물구나무를 서면?

●○●○●○●○●○●○●○●○●○●○●○●○●

그림자를 보고 정답을 맞혀 보세요.

🔍 **깜짝 상식**

☐을 지나서 건물이나 방에 들어가요.
사람들은 이곳을 통해 들어가고 나가지요.
'곰'을 거꾸로 뒤집으면 ☐이 나온답니다.

곰 문 정답

157

재치 33

차도가 없는 나라는?

♡♡♡♡♡♡♡♡♡♡♡♡♡♡♡♡♡♡♡♡♡♡♡♡♡

재치

보기 3개 중에서
정답을 골라 보세요.

1. 인도
2. 파도
3. 식도

🔍 깜짝 상식

불교가 처음 생긴 나라예요.
중국의 뒤를 이어 인구가
많은 나라이기도 하지요.
우리나라보다 33배 넓어요.

정답 1번

재치 34

심장의 무게는?

초성을 보고
정답을 맞혀 보세요.

🔍 깜짝 상식

무서운 것을 보거나 긴장하면 심장이 평소보다
빠르게 뛰어요. 이럴 때 '☐☐거린다'라고 하지요.
숨을 깊게 들이마시고 내쉬면 도움이 돼요.

근늠 딥윦

재치 35

밥을 먹고 나면 찾아오는 거지는?

재치

힌트를 차례로 보며
정답을 맞혀 보세요.

그릇을 닦아요.

↓

세제를 사용해요.

↓

대신 하는 기계도 있어요.

🔍 깜짝 상식

음식을 먹을 때 쓴 그릇을 깨끗하게 닦는 일이에요.
물로 씻어서 먼지와 음식물이 남지 않게 하지요.
☐☐☐를 해야 다음에 그릇을 또 쓸 수 있어요.

정답 설거지

재치 36

싸우기 전에 먼저 뭉쳐야 하는 싸움은?

빈칸에 정답을 써 보세요.

"놀다 보면 추위를 잊는

⬜⬜⬜ 이야."

🔍 깜짝 상식

눈이 쌓이면 친구들과 함께 ⬜⬜⬜을 해요.
동그랗게 뭉친 눈을 서로 맞히며 놀아요.
겨울에만 할 수 있는 재미있는 놀이지요.

정답 눈싸움

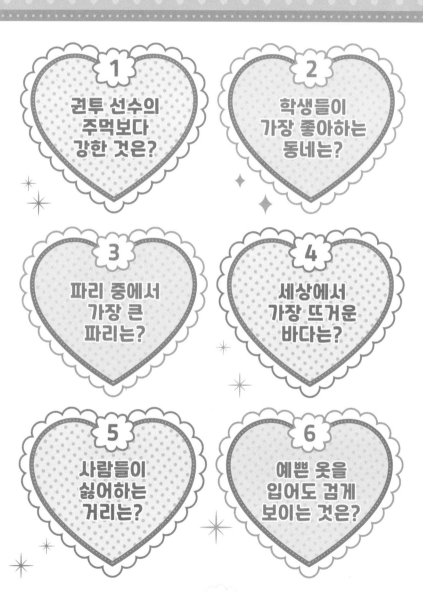

1
권투 선수의
주먹보다
강한 것은?

2
학생들이
가장 좋아하는
동네는?

3
파리 중에서
가장 큰
파리는?

4
세상에서
가장 뜨거운
바다는?

5
사람들이
싫어하는
거리는?

6
예쁜 옷을
입어도 검게
보이는 것은?

7

누구나 즐겁게
웃을 수 있는
글은?

8

공이
너무 많아서
남는 나라는?

9

세상에서
가장 쉬운
숫자는?

10

해가 울 때
사람들이
하는 말은?

정답 ①보 ②방학동 ③프랑스 파리 ④열바다 ⑤걱정거리 ⑥그림자 ⑦싱글벙글 ⑧남아공 ⑨십구만 ⑩해운대

Sanrio characters

In our dreams, we're all unicorns.
Let's get this party started!

보기

유니콘　　　책　　　라디오

트럼펫　　　빗　　　나비

위의 그림에서 보기 속 물건을 찾아 동그라미 해요.

보기

튤립

음료수

리본

하트 쿠션

창문

어항

165

뜨거우면
눈물을
흘리는
것은?

소리가
나는
꽃은?

우주에서
반짝이는
물은?

매일 밤
모습이
변하는
것은?

뾰족하고
따가운
불은?

매일
한 바퀴씩
도는 것은?

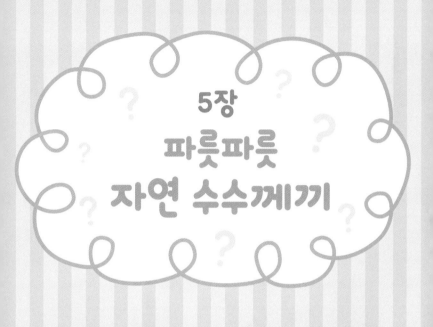

5장
파릇파릇
자연 수수께끼

자연 01

꽃은 꽃인데 소리가 나는 꽃은?

✓ 자연

표에서 글자를 찾아
정답을 맞혀 보세요.

개	나	백
국	리	팔
화	꽃	합

🔍 깜짝 상식

7~8월에 피는 꽃으로,
꽃 모양이 나팔을 닮아서
이렇게 불러요. '기쁜 소식'
등의 꽃말이 있어요.

정답 나팔꽃

저축을 좋아하는 나무는?

자연 02

그림자를 보고
정답을 맞혀 보세요.

🔍 깜짝 상식

높이 자라는 나무예요. 잎은 둥근 부채꼴인데,
가을이 되면 아름다운 노란색으로 변하지요.
열매는 껍질을 깐 다음 볶거나 끓여 먹어요.

정답: 은행나무

자연 03

입이 아닌 코로도
먹을 수 있는 것은?

보기 3개 중에서
정답을 골라 보세요.

① **딸기**
② **과자**
③ **공기**

🔍 **깜짝 상식**

지구를 둘러싼 대기를 이루는 기체예요.
생물이 살기 위해서는 이것이 꼭 필요하지요.
소리가 전달될 수 있도록 돕는 역할도 한답니다.

정답 ③번

한 번도 쉬지 않고 먼 길을 가는 것은?

자연 04

초성을 보고
정답을 맞혀 보세요.

ㄱ ㅁ

🔍 깜짝 상식

육지 사이를 길게 흐르는 물이에요.
낮은 곳으로 흘러가 넓은 바다와 만나지요.
오염되지 않도록 감시와 보호가 필요해요.

롬운 류요

매일 밤 다른 모습으로 변신하는 것은?

자연 05

꼬꼬꼬꼬꼬꼬꼬꼬꼬꼬꼬꼬꼬꼬꼬꼬

힌트를 차례로 보며 정답을 맞혀 보세요.

> 지구의 주위를 돌아요.
> ⬇
> 둥근 모양이에요.
> ⬇
> 밤에 잘 보여요.

 깜짝 상식

지구의 단 하나뿐인 위성이에요.
항상 지구 주위를 돌고 있지요. 보이는 모양에 따라
초승🔲, 반🔲, 보름🔲 등 다르게 불러요.

달 :답정

172

못은 못인데 벽에 박을 수 없는 못은?

자연 06

빈칸에 정답을 써 보세요.

"찰랑찰랑,
물이 모인

☐☐이야."

🔍 깜짝 상식

오목하게 팬 땅에 물이 고여 있는 곳이에요.
다양한 동물과 식물이 사는 곳이기도 하지요.
차분하고 평화로운 느낌을 준답니다.

정답 연못

자연 07

자랄수록 땅과 가까워지는 것은?

표에서 글자를 찾아
정답을 맞혀 보세요.

동	물	이
고	드	박
호	나	름

🔍 **깜짝 상식**

겨울에 자주 볼 수 있어요.
물이 위에서 아래로 떨어지며
점점 길어진 얼음이지요.
길고 뾰족한 모양이에요.

정답 고드름

더우면 옷을 입고 추우면 옷을 벗는 것은?

자연 08

그림자를 보고 정답을 맞혀 보세요.

🔍 깜짝 상식

이산화 탄소를 흡수해 산소를 만드는 식물이에요. 여름에는 푸른 잎사귀가 가득하지만, 가을이 되면 낙엽이 떨어지고 겨울에는 가지만 남지요.

정답 나무

자연 09

우주에서 반짝이는 물은?

보기 3개 중에서
정답을 골라 보세요.

1 은하수

2 분수

3 음료수

수많은 별이 모여 있는
곳이에요. 별이 많아서
멀리서 보면 강처럼 보이지요.
그래서 강에 비유해 불러요.

앞으로만 가고 뒤로는 못 가는 것은?

자연 10

초성을 보고
정답을 맞혀 보세요.

ㅅ ㄱ

🔍 깜짝 상식

우리의 생활에 아주 중요한 역할을 해요.
멈추지 않고 계속 흐르는데, 시계를 보면 □□이
얼마나 지났는지 눈으로 확인할 수 있어요.

정답 시간

매일 한 바퀴씩 빙그르르 도는 것은?

자연 11

힌트를 차례로 보며 정답을 맞혀 보세요.

태양계의 행성이에요.

↓

바다와 땅이 있어요.

↓

우리가 사는 곳이에요.

🔍 깜짝 상식

□□가 매일 한 바퀴씩 도는 것을 '자전'이라고 해요.
지구에 있는 물체들은 지구와 같은 속도로
움직이기 때문에 지구의 움직임을 느낄 수 없지요.

정답 지구

산에 숨어서 남의 흉내만 내는 것은?

빈칸에 정답을 써 보세요.

"☐☐☐는 내 말을 따라 해."

🔍 깜짝 상식

높은 곳에 올라가서 큰 소리로 "야호!" 하고
소리치면 똑같이 되돌아와요. 소리가 벽이나 산,
건물 등 장애물에 부딪혀 돌아오기 때문이지요.

메아리 :답정

179

자연 13

하늘에서 내리는 똥은?

표에서 글자를 찾아
정답을 맞혀 보세요.

자연

별	하	개
리	똥	별
우	비	나

🔍 깜짝 상식

지구 주변을 돌던 먼지 등이
지구의 공기층을 만나면
빛을 내며 떨어져요.
'유성'이라고도 부르지요.

나이가 들수록 고개를 푹 숙이는 것은?

자연 14

그림자를 보고
정답을 맞혀 보세요.

🔍 깜짝 상식

□의 껍질을 벗긴 것이
우리가 먹는 쌀이에요.
잘 자라 이삭이 무거워지면
자연스럽게 고개를 숙여요.

정답 벼

자연 15

어린 나이인데 늙었다고 하는 꽃은?

보기 3개 중에서
정답을 골라 보세요.

1. **장미**
2. **할미꽃**
3. **개나리**

🔍 깜짝 상식

꽃 전체가 흰 털로 덮여 있고
꽃받침이 아래로 굽었어요.
꽃의 모양이 할머니를 닮아
이렇게 부르지요.

조금 나왔어도
쑥 나왔다고 하는
채소는?

초성을 보고
정답을 맞혀 보세요.

ㅆ

🔍 깜짝 상식

우리나라 곳곳에서 쉽게
볼 수 있는 식물이에요.
떡을 만들어 먹거나
약으로 쓰기도 해요.

정답: 쑥

183

뜨거우면 눈물을 흘리는 것은?

자연 17

○○○○○○○○○○○○○○○○○○○○○

힌트를 차례로 보며 정답을 맞혀 보세요.

> 딱딱하고 차가워요.

⬇

> 물을 얼려 만들어요.

⬇

> 여름에 많이 먹어요.

🔍 깜짝 상식

온도가 0도보다 낮아지면 물이 딱딱하게 얼어요.
그러다 다시 따뜻해지면 물로 돌아오지요.
겨울에 호수나 강의 표면에서도 볼 수 있답니다.

정답: 얼음

184

해가 높이 뜰수록 짧아지는 것은?

자연 18

빈칸에 정답을 써 보세요.

"나를 졸졸 쫓아다니는

☐☐☐야."

🔍 깜짝 상식

물체가 빛을 가려서 생기는 어두운 그늘이에요.
빛의 위치에 따라 ☐☐☐의 모양도 바뀌어요.
해가 높이 있을 때는 짧고, 낮을 때는 길지요.

정답 그림자

크면서
옷을 벗으려고
하는 것은?

자연 19

표에서 글자를 찾아
정답을 맞혀 보세요.

감	밤	고
자	송	이
바	마	구

🔍 깜짝 상식

밤알을 감싸고 있는 두꺼운 겉껍데기예요.
날카로운 가시로 둘러싸서 밤알을 보호하지요.
☐☐☐를 까서 그 안에 있는 밤알을 먹는답니다.

이송밤 :답장

키는 크지만
속이 텅 빈 것은?

자연 20

그림자를 보고
정답을 맞혀 보세요.

🔍 깜짝 상식

이름에 나무가 들어가지만, 사실 풀이에요.
줄기의 속이 비어 있고 나무처럼 단단하지 않기
때문이지요. 그래서 빠르게 자랄 수 있어요.

대나무 :답장

자연 21

영원히
시들지 않는
꽃은?

자연

보기 3개 중에서
정답을 골라 보세요.

1 조화
2 국화
3 무궁화

🔍 깜짝 상식

종이나 천, 플라스틱 등으로 만든 가짜 꽃이에요.
진짜 꽃을 따라 만드는데, 무언가를 꾸밀 때 써요.
물을 주지 않아도 시들지 않고 오래 볼 수 있어요.

조화 답장

자연 22

꽃 중에서 가장 나이가 많은 꽃은?

초성을 보고
정답을 맞혀 보세요.

ㅂ ㅎ

깜짝 상식

꽃잎이 크고 화려해요.
흰색과 분홍색 등 색깔이
다양하지요. 모양이 예쁘고
향기도 좋답니다.

백합

빛을 보고 큰 소리를 내는 것은?

자연 23

○○○○○○○○○○○○○○○○○○○○○○○○○○○○

힌트를 차례로 보며 정답을 맞혀 보세요.

비가 올 때 나타나요.

↓

번개와 함께 다녀요.

↓

'우레'라고도 불러요.

🔍 깜짝 상식

번개 때문에 공기가 빠르게 뜨거워지면 ☐☐이 생겨요. 빛이 소리보다 빨라서 번개가 먼저 보이고, 그다음에 ☐☐소리가 들리지요.

정답 천둥

190

자연 24

뾰족하고
따가운 불은?

빈칸에 정답을 써 보세요.

"⬜⬜⬜⬜에

찔리지 않게

조심해."

🔍 깜짝 상식

가시가 있는 식물들이 엉켜 있는 수풀이에요.
식물의 가지나 줄기, 잎에 가시가 자라서
동물들이 먹을 수 없도록 하지요.

정답 가시덤불

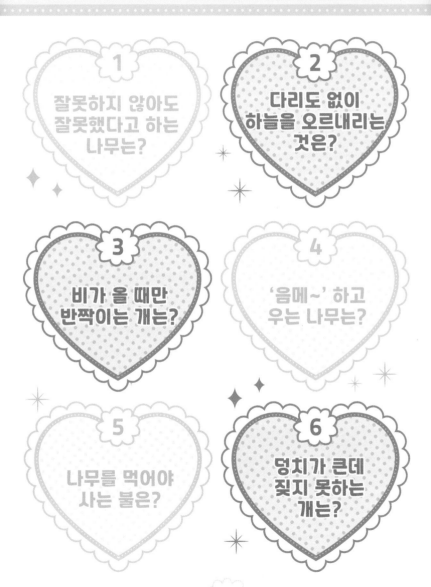

1
잘못하지 않아도
잘못했다고 하는
나무는?

2
다리도 없이
하늘을 오르내리는
것은?

3
비가 올 때만
반짝이는 개는?

4
'음메~' 하고
우는 나무는?

5
나무를 먹어야
사는 불은?

6
덩치가 큰데
짖지 못하는
개는?

7

구르면 구를수록
작아지는 것은?

8

더울 때는 울고
추울 때는 꽃을
뿌리는 것은?

9

토끼가 좋아하는
풀은?

10

가장 크고
희미한 개는?

정답 ①안녕하세요 ②아홉, 열 ③우유병 ④자전거 ⑤용하네요
⑥지우개 ⑦고기 ⑧난로 ⑨귤껍질 ⑩안개꽃

194

사람의
얼굴에
있는
조개는?

열 손가락
끝에 달린
문은?

목욕탕에
두고 오는
것은?

이 세상의
끝에 있는
것은?

잠을 자야
볼 수 있는
것은?

물건을
담지 못하는
주머니는?

6장
궁금궁금
사람 수수께끼

사람의 **얼굴**에 있는 **조개**는?

사람 01

표에서 글자를 찾아
정답을 맞혀 보세요.

눈	도	무
보	조	나
썹	리	개

🔍 **깜짝 상식**

□□□는 말하거나 웃을 때, 볼에 움푹 들어가는
자국이에요. 볼에 팬 우물이라는 뜻의
'볼우물'이라고 부르기도 해요.

정답 보조개

오른손으로 절대 잡을 수 없는 것은?

사람 02

◦◦◦◦◦◦◦◦◦◦◦◦◦◦◦◦◦◦◦◦◦◦◦◦◦◦◦◦◦

그림자를 보고 정답을 맞혀 보세요.

🔍 **깜짝 상식**

우리 몸의 오른쪽에 있는 손이에요.

□□□을 주로 쓰는 사람은 □□□잡이,

왼손을 주로 쓰는 사람은 왼손잡이라고 해요.

정답 오른손

열 손가락 끝에
달린 문은?

사람 03

사람

보기 3개 중에서
정답을 골라 보세요.

① 지문
② 신문
③ 대문

🔍 깜짝 상식

손가락 끝에 모양이 바뀌지 않는 무늬가 있어요.
이 무늬는 사람마다 모두 다르게 생겼지요.
그래서 ☐☐을 확인하면 누구인지 알 수 있답니다.

정답 ① 지문

사람 04

땅을 열심히 파면 나오는 것은?

초성을 보고
정답을 맞혀 보세요.

ㄸ

🔍 깜짝 상식

사람의 몸에서 나오는 물 같은 액체예요.
날씨가 덥거나 운동을 할 때 자연스럽게 나와요.
몸이 너무 더워지지 않게 도와주지요.

品 답요

같은 날 태어났지만 키가 모두 다른 다섯 형제는?

사람 05

사람

힌트를 차례로 보며
정답을 맞혀 보세요.

모두 열 개예요.

⬇

반지를 낄 수 있어요.

⬇

끝에 손톱이 있어요.

🔍 깜짝 상식

손끝에 하나씩 모두 열 개가 있고, 각각 움직여요.
물건을 힘주어 잡을 수 있고, 글씨를 쓰거나
악기를 연주하는 등 섬세한 일도 할 수 있지요.

정답 손가락

양파를 까면 나오는 것은?

사람 06

빈칸에 정답을 써 보세요.

"눈을 촉촉하게 만들어 주는 □□이야."

🔍 깜짝 상식

눈에 먼지가 들어갔을 때, 슬프거나 기쁠 때 나요.
양파에 있는 독특한 물질이 눈을 자극해서
슬프지 않아도 □□이 난답니다.

정답 눈물

나이를 먹을수록 점점 늘어나는 살은?

사람 07

사람

표에서 글자를 찾아
정답을 맞혀 보세요.

주	손	가
보	름	살
눈	발	락

🔍 깜짝 상식

나이가 들면서 조금씩 생기는데,
얼굴에 주로 생겨요. 선크림을 꼼꼼하게 잘 바르면
자외선으로부터 피부를 보호할 수 있어요.

서면 안 보이고 앉아야 볼 수 있는 것은?

사람 08

그림자를 보고 정답을 맞혀 보세요.

🔍 깜짝 상식

우리가 걷고, 서고, 움직일 때 몸무게를 버티거나
균형을 잡는 등 중요한 역할을 해요.
양말과 신발을 신어서 보호하지요.

정답 발바닥

사람 09

상은 상인데 못생긴 상은?

보기 3개 중에서
정답을 골라 보세요.

① 금상
② 울상
③ 상상

🔍 **깜짝 상식**

친구와 싸워서 슬프거나 속상할 때, 당황스러울 때,
꼭 눈물이 날 것 같을 때 짓는 표정이에요.
'□□을 짓다'처럼 쓰지요.

정답 롱을

눈으로 보지 않고 혀로 보는 것은?

초성을 보고
정답을 맞혀 보세요.

ㅁ

깜짝 상식

음식을 먹을 때, 혀를 통해 느끼는 감각이에요.
단□, 짠□ 등 종류가 다양하지요. 혀에 있는
오돌토돌한 맛봉오리 덕분에 구분할 수 있어요.

맛 : 답정

이 세상의 끝에 있는 것은?

사람 11

●●●●●●●●●●●●●●●●●●●●●●●●

힌트를 차례로 보며 정답을 맞혀 보세요.

> 입안에 있어요.

⬇

> 송곳니와 친구예요.

⬇

> 이 중에 가장 커요.

🔍 깜짝 상식

음식을 꼭꼭 씹어 작게 부술 때 필요해요.
입안의 뒤쪽에 있는데, 크기가 크고 평평한
모양이지요. 사람의 이 중에서 가장 튼튼해요.

정답 어금니

바위 틈에서 나팔을 부는 것은?

빈칸에
정답을 써 보세요.

"냄새가 나는
☐☐야."

깜짝 상식

우리가 먹은 음식은 뱃속에서 여러 과정을 거치며
소화돼요. 음식 찌꺼기를 작게 만들면서
생긴 가스가 항문으로 나오면 ☐☐가 되지요.

방귀 : 답장

사람 13

손님이 뜸해야 돈을 버는 사람은?

표에서 글자를 찾아
정답을 맞혀 보세요.

가	판	소
수	한	의
방	관	사

🔍 깜짝 상식

'뜸'은 □□□가 환자에게
쓰는 치료 방법 중 하나예요.
뜨거운 약재를 아픈 곳에 올려
몸을 따뜻하게 만들지요

사람 14

버스에 빈자리가 없어도 항상 앉을 수 있는 사람은?

그림자를 보고 정답을 맞혀 보세요.

🔍 깜짝 상식

버스에 탄 사람들이 목적지에 도착할 수 있도록
안전하게 운전하는 사람이에요.

운전하는 것이 □□□□의 직업이랍니다.

정답 공통기사

211

사람 15

목욕탕에 가서 두고 오는 것은?

보기 3개 중에서
정답을 골라 보세요.

1 때
2 옷
3 머리핀

🔍 깜짝 상식

평소에 흘린 땀이나 각질이 먼지와 섞여 생긴
더러운 물질이에요. 거칠거칠한 □수건으로
살살 밀면 피부가 부드럽고 깨끗해지지요.

정답 1번

한 손으로 차를 세울 수 있는 사람은?

사람 16

초성을 보고
정답을 맞혀 보세요.

ㄱ ㅌ ㄱ ㅊ

🔍 깜짝 상식

도로 위의 질서를 지키는 일을 해요.
도로에서 차들이 안전하게 다닐 수 있게 돕고,
교통사고가 일어나지 않도록 예방하지요.

정답 교통경찰

건강한 사람이 피로해서 좋은 일은?

사람 17

○○○○○○○○○○○○○○○○○○○○○○○○○○

사람

힌트를 차례로 보며 정답을 맞혀 보세요.

생명을 구하는 일이에요.

⬇

뿌듯한 마음이 들어요.

⬇

피를 뽑아야 해요.

🔍 깜짝 상식

건강한 사람이 자신의 피를, 치료를 위해
피가 필요한 사람에게 기증하는 것이에요.
다른 사람의 생명을 구하는 의미 있는 일이지요.

헌혈

낮에만 할 수 있고 밤에는 못하는 것은?

사람 18

빈칸에 정답을 써 보세요.

"힘들 때
낮에 잠깐 자는
◻◻이야."

🔍 깜짝 상식

낮에 짧게 자는 잠이에요. 힘들고 피곤할 때
잠시 쉬는 것이지요. ◻◻을 자면 기분이 좋아지고
집중력과 기억력이 좋아진답니다.

정답 낮잠

215

아프지 말라면서 엉덩이를 때리는 사람은?

사람 19

✓ 사람

표에서 글자를 찾아
정답을 맞혀 보세요.

조	간	기
자	종	호
통	사	역

🔍 깜짝 상식

병원에서 의사와 함께 환자를 돌봐요.
환자들이 치료를 받아 빨리 나을 수 있도록 돕지요.
주사를 놓는 것도 ☐☐☐의 일이에요.

정답 간호사

사람 20

주먹을 잘 쓸수록 청찬받는 사람은?

그림자를 보고 정답을 맞혀 보세요.

🔍 깜짝 상식

권투는 두 선수가 두꺼운 장갑을 낀 주먹으로
서로를 공격하는 운동이에요. 주먹을 잘 써서
상대를 쓰러뜨려야 더 좋은 점수를 받을 수 있지요.

정답 권투 선수

사람 21

물건을 담지 못하는 주머니는?

보기 3개 중에서
정답을 골라 보세요.

1 아주머니
2 앞주머니
3 뒷주머니

🔍 깜짝 상식

나이가 조금 많은 성인 여성을 ⬜⬜⬜⬜라고 해요.
가게 주인이나 옆집 어른을 이렇게 부르지요.
가족인 친척은 이모나 고모라고 한답니다.

정답 아주머니

사람 22

발로도 긁을 수 있는 등은?

초성을 보고
정답을 맞혀 보세요.

ㅅ ㄷ

🔍 깜짝 상식

손의 바깥쪽이고 손바닥과 반대쪽이에요.
발과 등은 멀리 떨어져 있어서 긁을 수 없지만,
□□은 가까워서 충분히 긁을 수 있어요.

정답 손등

사람 23

1년에 한 번만 먹을 수 있는 것은?

힌트를 차례로 보며 정답을 맞혀 보세요.

입으로 먹지 않아요.

누구나 먹어요.

학년이 달라져요.

🔍 깜짝 상식

1년이 지나면 사람들은 모두 한 살이 늘어요.
□□를 빨리 먹고 싶은 사람도, 먹기 싫은 사람도
모두 똑같이 하나씩 먹는답니다.

나이 :답정

사
람

220

사람 24

이상하면 만나는 사람은?

빈칸에 정답을 써 보세요.

"이가 아플 때
치료해 주는

[ ] [ ] [ ] [ ] **야."**

🔍 깜짝 상식

충치가 생겨서 아프거나 이가 흔들리면
치과에 가야 해요. ☐☐ ☐☐는
이가 아프지 않도록 고쳐 주는 사람이랍니다.

정답 치과 의사

221

칼은 칼인데 물건을 벨 수 없는 칼은?

사람 25

표에서 글자를 찾아
정답을 맞혀 보세요.

배	손	귀
눈	발	꼽
머	리	칼

사
람

🔍 깜짝 상식

머리에 난 털로, '머리카락'이라고도 불러요.
구불구불하게 만들거나 자를 수 있고,
좋아하는 색깔로 염색할 수도 있지요.

도둑도 아닌데 남의 집에 몰래 들어가는 사람은?

사람 26

○○○○○○○○○○○○○○○○○○○○○○○○○

그림자를 보고 정답을 맞혀 보세요.

🔍 깜짝 상식

크리스마스에 아이들에게 선물을 주는 사람이에요.
코가 붉은 루돌프가 끄는 썰매를 타고,
전 세계를 다니며 선물을 나누어 주지요.

정답 산타클로스

223

사람 27

세상에서 가장
돈이 많은 벌은?

보기 3개 중에서 정답을 골라 보세요.

1 말벌
2 꿀벌
3 재벌

🔍 깜짝 상식

돈이 아주 많은 사람과 그 사람의 가족을 뜻해요.
우리가 잘 아는 커다란 회사를 운영하고,
다양한 곳에 돈을 사용하지요.

벌재 : 답정

사람 28

남의 눈 덕분에 돈을 버는 사람은?

초성을 보고
정답을 맞혀 보세요.

ㅇ ㄱ ㅇ ㅅ

🔍 깜짝 상식

우리는 눈을 통해 세상을 볼 수 있어요.
눈이 아프거나 시력이 나빠졌을 때는
안과에서 치료를 받아야 하지요.

정답 안과 의사

사람 29

잠을 자야 볼 수 있는 것은?

사람

힌트를 차례로 보며
정답을 맞혀 보세요.

뇌가 만들어요.
⬇
무서운 것도 있어요.
⬇
신기한 경험을 해요.

🔍 **깜짝 상식**

우리가 잠을 자는 동안 뇌는 기억을 떠올리거나
상상해서 다양한 장면을 만들어요.
☐을 살펴보면 내 마음이 어떤지 알 수 있답니다.

정답 꿈

손님이 원하는 대로 깎아 주는 사람은?

사람 30

빈칸에 정답을 써 보세요.

"머리카락을
예쁘게 꾸미는

야."

🔍 깜짝 상식

□□□는 머리카락과 얼굴을 꾸미는 전문가예요.
머리카락 모양을 바꾸고 싶을 때 미용실에 가면
내가 원하는 대로 바꿔 주지요.

정답 미용사

사람 31

다른 사람을 잘 두드릴수록 돈을 버는 사람은?

사람

표에서 글자를 찾아
정답을 맞혀 보세요.

요	성	안
리	마	악
사	눈	가

🔍 **깜짝 상식**

손이나 팔로 사람의 몸 이곳저곳을 두드려서
피로를 풀어 주는 일을 '안마'라고 해요.
☐☐☐는 안마를 전문적으로 하는 사람이에요.

정답 안마사

사람 32

무대에서 막대기를 들고 다른 사람을 조종하는 사람은?

그림자를 보고 정답을 맞혀 보세요.

🔍 **깜짝 상식**

오케스트라 같은 단체에서 음악을 맞춰요.
연주자들을 이끌어 여러 가지 악기가
잘 어우러지도록 돕고, 멋진 음악을 만들지요.

사람 33

큰 동그라미에 작은 구멍이 일곱 개 있는 것은?

사람

보기 3개 중에서
정답을 골라 보세요.

1 덩굴
2 얼굴
3 동굴

🔍 깜짝 상식

사람들은 다른 사람을 기억할 때 주로 ☐☐을
떠올려요. 이름이나 목소리보다 각자의 특징을
잘 나타내기 때문이지요.

론륜 론론

말과 행동을 같이하는 사람은?

사람 34

초성을 보고
정답을 맞혀 보세요.

ㄱ ㅁ ㄱ ㅅ

🔍 깜짝 상식

말을 타고 누가 더 빨리 달리는지 겨루는 것을
'경마'라고 하고, 경마에서 말을 타는 사람을
'기수'라고 해요. 기수는 말과 소통하며 달리지요.

정답 기수

사람 35

매일 망쳐야 돈을 버는 사람은?

힌트를 차례로 보며 정답을 맞혀 보세요.

물고기를 잡아요.

↓

배를 타요.

↓

그물을 써요.

🔍 깜짝 상식

배를 타고 나가 바다나 강, 호수에서 일해요.
낚시를 하거나 그물을 쳐서 물고기를 잡지요.
그물을 '망'이라고도 부른답니다.

어부 :답장

사람 36

항상 이가 보이게 웃는 사람은?

빈칸에 정답을 써 보세요.

"앞집에 사는
친절한

□ □ **이야."**

🔍 깜짝 상식

같은 동네나 주변에 사는 사람이에요.
힘든 일이 있을 때 서로 도와주고,
만나면 반갑게 인사하며 지내지요.

정답 이웃

1
창문 옆에 앉지
않는 사람을
다섯 글자로
하면?

2
걸을 때마다
앞뒤로 흔들리는
것은?

3
남의 물건을
자기 물건 보듯
하는 사람은?

4
우리나라 최초의
다이빙
선수는?

5
문 두드린 사람을
다섯 글자로
하면?

6
바가지 요금을
받아도 괜찮은
장사꾼은?

234

정답 ①창피한 사람 ②팔 ③도둑 ④심청 ⑤똑똑한 사람 ⑥바가지 장사
⑦아까운 사람 ⑧천문학자 ⑨영감 ⑩장모

10 나중에 커서 방귀를 잘 뀌는 아이는 뭐가 될까요?

9 물이 끓으면 뭐라고 부르나요?

8 별 팔고 싶은 사람은?

7 싸우고 난 다음에 화해를 안 하고 토라져 있는 사람은 누구?

사다리 타기 놀이터

놀이 정답

48~49쪽

퍼즐 조각 찾기 놀이터

알맞은 퍼즐 조각을 찾아 연결하고, 퍼즐을 완성해요.

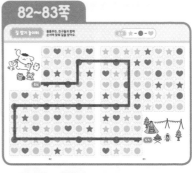

82~83쪽

길 찾기 놀이터

쿨로미는 친구들과 함께 손사위 캠핑 길을 찾아요.

122~123쪽

다른 그림 찾기 놀이터

위아래를 비교해 다른 곳 5군데를 찾고, 아래 그림에 동그라미 해요.

164~165쪽

숨은 그림 찾기 놀이터

위쪽 그림에서 보기 속 물건을 찾아 동그라미 해요.

236~237쪽

사다리 타기 놀이터

사다리를 타고 산리오캐릭터즈가 이용하는 가게를 찾아요.

1판 1쇄 인쇄 2024년 12월 6일

1판 1쇄 발행 2024년 12월 26일

발행처 (주)서울문화사 **| 발행인** 심정섭

편집인 안예남 **| 편집팀장** 최영미 **| 편집** 허가영, 박유미

브랜드마케팅 김지선, 하서빈

출판마케팅 홍성현, 김호현 **| 제작** 정수호

출판등록일 1988년 2월 16일 **| 출판등록번호** 제2-484

주소 서울시 용산구 새창로 221-19

전화 02)791-0708(판매), 02)799-9186(편집)

디자인 이혜원

인쇄 에스엠그린

ISBN 979-11-6923-491-7

979-11-6923-823-6(세트)

산리오캐릭터즈를 책으로 만나요!

사전

수수께끼 사전

속담 사전

한자 사전

맞춤법 사전

재미팡팡
수수께끼 사전
2탄

쁘띠북

행복사전

마음사전

대화사전

퀴즈북&놀이북

**호기심 과학
퀴즈 백과**

접잇기 놀이북